AF155356

Madame d'Aulnoy

Finette Cendron

Finette Cendron

Il était une fois un roi et une reine qui avaient mal fait leurs affaires : on les chassa de leur royaume ; ils vendirent leurs couronnes pour vivre, puis leurs habits, leur linge, leurs dentelles, et tous leurs meubles, pièce à pièce ; les fripiers étaient las d'acheter, car tous les jours ils vendaient chose nouvelle. Quand le roi et la reine furent bien pauvres, le roi dit à sa femme : « Nous voilà hors de notre royaume ; nous n'avons plus rien : il faut gagner notre vie et celle de nos pauvres enfants ; avisez un peu ce que nous avons à faire, car jusqu'à présent je n'ai su que le métier de roi, qui est fort doux. »

La reine avait beaucoup d'esprit ; elle lui demanda huit jours pour y rêver. Au bout de ce temps elle lui dit : « Sire, il ne faut point nous affliger. Vous n'avez qu'à faire des filets dont vous prendrez des oiseaux à la chasse et des poissons à la pêche ; pendant que les cordelettes s'useront, je filerai pour en faire d'autres. À l'égard de nos trois filles, ce sont de franches paresseuses, qui croient encore être de grandes dames, elles veulent faire les demoiselles ; il faut les mener si loin, si loin, qu'elles ne reviennent jamais, car il serait impossible que nous pussions leur fournir assez d'habits à leur gré. »

Le roi commença de pleurer quand il vit qu'il fallait se séparer de ses enfants : il était bon père, mais la reine était la maîtresse. Il demeura donc d'accord de tout ce qu'elle voulait ; il lui dit : « Levez-vous demain de bon matin, et prenez vos trois filles, pour les mener où vous jugerez à propos. » Pendant qu'ils complotaient cette affaire, la princesse Finette, qui était la plus petite des filles, écoutait par le trou de la serrure, et, quand elle eut découvert le dessein de son papa et de sa maman, elle s'en alla tant qu'elle put à une grande grotte, fort éloignée de chez eux, où demeurait la fée Merluche, qui était sa marraine.

Finette avait pris deux livres de beurre frais, des œufs, du lait et de la farine, pour faire un excellent gâteau à sa marraine, afin d'en être bien reçue. Elle commença gaiement son voyage ; mais plus elle allait, plus elle se lassait. Ses souliers s'usèrent jusqu'à la dernière semelle, et ses petits pieds mignons s'écorchèrent si fort, que c'était grande pitié : elle n'en pouvait plus ; elle s'assit sur l'herbe, pleurant.

Par là passa un beau cheval d'Espagne, tout sellé, tout bridé ; il y avait plus de diamants à sa housse qu'il n'en faudrait pour acheter trois villes ; et, quand il vit la princesse, il se mit à paître doucement auprès d'elle, ployant le jarret, il semblait lui faire la révérence ; aussitôt elle le prit par la bride : « Gentil dada, dit-elle, voudrais-tu bien me porter chez ma marraine la fée ? Tu me feras un grand plaisir, car je suis si lasse que je vais mourir ; mais si tu me sers dans cette occasion, je te donnerai de bonne avoine et de bon foin ; tu auras de la paille fraîche pour te coucher. » Le cheval se baissa presque à terre devant elle, et la jeune Finette sauta dessus. Il se mit à courir si légèrement, qu'il semblait que ce fût un oiseau. Il s'arrêta à l'entrée de la grotte, comme s'il en avait su le chemin, et il le savait bien aussi, car c'était Merluche, qui, ayant deviné que sa filleule la voulait venir voir, lui avait envoyé ce beau cheval.

Quand elle fut entrée, elle fit trois grandes révérences à sa marraine, et prit le bas de sa robe qu'elle baisa, et puis elle lui dit : « Bonjour, ma marraine, comment vous portez-vous ? Voilà du beurre, du lait, de la farine et des œufs que je vous apporte pour vous faire un bon gâteau à la mode de notre pays. – Soyez la bienvenue, Finette, dit la fée, venez que je vous embrasse. » Elle l'embrassa deux fois, dont Finette resta très joyeuse, car madame Merluche n'était pas une fée à la douzaine. Elle dit : « Çà, ma filleule, je veux que vous soyez ma petite femme de chambre ; décoiffez-moi et me peignez. » La princesse la décoiffa et la peigna le plus adroitement du monde. « Je sais bien, dit Merluche, pourquoi vous venez ici. Vous avez écouté le roi et la reine, qui veulent vous mener perdre, et vous voulez éviter ce malheur. Tenez, vous n'avez qu'à prendre ce peloton, le fil n'en rompra jamais. Vous attacherez le bout à la porte de votre maison et vous le tiendrez à votre main. Quand la reine vous aura laissée, il vous sera aisé de revenir en suivant le fil. »

La princesse remercia sa marraine, qui lui remplit un sac de beaux habits tout d'or et d'argent. Elle l'embrassa ; elle la fit remonter sur le joli cheval, et en deux ou trois moments, il la rendit à la porte de la maisonnette de Leurs Majestés. Finette dit au cheval : « Mon petit ami, vous êtes beau et très sage, vous allez plus vite que le soleil, je vous remercie de votre peine ; retournez d'où vous venez. » Elle entra doucement dans la maison, cachant son sac sous son chevet ; elle se coucha sans faire semblant de rien. Dès que le jour parut, le roi réveilla sa femme. « Allons, allons, madame, lui dit-il, apprêtez-vous pour le voyage. » Aussitôt elle se leva, prit ses gros souliers, une jupe courte, une camisole blanche et un bâton ; elle fit venir l'aînée de ses filles, qui s'appelait Fleur-d'Amour ; la seconde Belle-de-Nuit, et la troisième Fine-Oreille : c'est pourquoi on la nommait ordinairement Finette. « J'ai rêvé cette nuit, dit la reine, qu'il faut que nous allions voir ma sœur, elle nous régalera bien : nous mangerons et nous rirons tant que nous voudrons. » Fleur-d'Amour, qui se désespérait d'être dans un désert, dit à sa mère : « Allons, madame, où il vous plaira ; pourvu que je me promène. » Les deux autres en dirent autant ; elles prennent congé du roi, et les voilà toutes quatre en chemin. Elles allèrent si loin, si loin, que Fine-Oreille avait grande peur de n'avoir pas assez de fil, car il y avait près de mille lieues. Elle marchait toujours derrière ses sœurs, passant le fil adroitement dans les buissons.

Quand la reine crut que ses filles ne pourraient plus retrouver le chemin, elle entra dans un grand bois, et leur dit : « Mes petites brebis, dormez ; je ferai comme la bergère qui veille autour de son troupeau, crainte que le loup ne le mange. » Elles se couchèrent sur l'herbe, et s'endormirent. La reine les quitta, croyant ne les revoir jamais ; Finette fermait les yeux et ne dormait pas. « Si j'étais une méchante fille, disait-elle, je m'en irais tout à l'heure, et je laisserais mourir mes sœurs ici, car elles me battent et m'égratignent jusqu'au sang ; malgré toutes leurs malices, je ne les veux pas abandonner.

Elle les réveille, et leur conte toute l'histoire. Elles se mettent à pleurer et la prient de les mener avec elle, qu'elles lui donneront leurs belles poupées, leur petit ménage d'argent, leurs autres jouets et leurs bonbons. « Je sais assez que vous n'en ferez rien, dit Finette, mais je n'en serai pas moins bonne sœur. » Et, se levant, elle suivit son fil, et les princesses aussi ; de sorte qu'elles arrivèrent presque aussitôt que la reine.

En s'arrêtant à la porte, elles entendirent que le roi disait : « J'ai le cœur tout saisi de vous voir revenir seule. – Bon, dit la reine, nous étions trop embarrassés de nos filles. – Encore, dit le roi, si vous aviez ramené ma Finette, je me consolerais des autres, car elles n'aiment

3

rien. » Elles frappèrent. Toc, toc. Le roi dit : « Qui va là ? » Elles répondirent : « Ce sont vos trois filles, Fleur-d'Amour, Belle-de-Nuit et Fine-Oreille. » La reine se mit à trembler. « N'ouvrez pas, disait-elle, il faut que ce soient des esprits, car il est impossible qu'elles puissent être revenues. » Le roi était aussi poltron que sa femme, et il disait : « Vous me trompez, vous n'êtes point mes filles. » Mais Fine-Oreille, qui était adroite, lui dit : « Mon papa, je vais me baisser, regardez-moi par le trou du chat, et si je ne suis pas Finette, je consens d'avoir le fouet. » Le roi regarda comme elle lui avait dit, et, dès qu'il l'eut reconnue, il leur ouvrit. La reine fit semblant d'être bien aise de les revoir, elle leur dit qu'elle avait oublié quelque chose, qu'elle l'était venu chercher ; mais qu'assurément elle les aurait été retrouver. Elles feignirent de la croire, et montèrent dans un beau petit grenier, où elles couchaient.

« Çà, dit Finette, mes sœurs, vous m'avez promis une poupée, donnez-la-moi. – Vraiment, tu n'as qu'à t'y attendre, petite coquine, dirent-elles ; tu es cause que le roi ne nous regrette pas. » Là-dessus, prenant leurs quenouilles, elles la battirent comme plâtre. Quand elles l'eurent bien battue, elle se coucha ; et comme elle avait tant de plaies et de bosses, elle ne pouvait dormir, et elle entendit que la reine disait au roi : « Je les mènerai d'un autre côté, encore plus loin, et je suis bien certaine qu'elles ne reviendront jamais. » Quand Finette entendit ce complot, elle se leva tout doucement pour aller voir encore sa marraine. Elle entra dans le poulailler, elle prit deux poulets et un maître coq, à qui elle tordit le cou, puis deux petits lapins que la reine nourrissait de choux, pour s'en régaler à l'occasion ; elle mit le tout dans un panier et partit. Mais elle n'eut pas fait une lieue à tâtons, mourant de peur, que le cheval d'Espagne vint au galop, ronflant et hennissant ; elle crut que c'était fait d'elle, que quelques gendarmes l'allaient prendre. Quand elle vit le joli cheval seul, elle monta dessus, ravie d'aller si à son aise : elle arriva promptement chez sa marraine.

Après les cérémonies ordinaires, elle lui présenta les poulets, le coq et les lapins, et les pria de l'aider de ses bons avis, parce que la reine avait juré qu'elle les mènerait jusqu'au bout du monde. Merluche dit à sa filleule de ne pas s'affliger ; elle lui donna un sac tout plein de cendre : « Vous porterez le sac devant vous, lui dit-elle, vous le secouerez, vous marcherez sur la cendre, et, quand vous voudrez revenir, vous n'aurez qu'à regarder l'impression de vos pas ; mais ne ramenez point vos sœurs, elles sont trop malicieuses, et si vous les ramenez, je ne veux plus vous voir. » Finette prit congé d'elle, emportant par son ordre, pour trente ou quarante millions de diamants en une petite boîte qu'elle mit dans sa poche. Le cheval était tout prêt, et la rapporta comme à l'ordinaire. Au point du jour la reine appela les princesses ; elles vinrent, et elle leur dit : « Le roi ne se porte pas très bien ; j'ai rêvé cette nuit qu'il faut que j'aille lui cueillir des fleurs et des herbes en un certain pays où elles sont fort excellentes, elles le feront rajeunir ; c'est pourquoi allons-y tout à l'heure. » Fleur-d'Amour et Belle-de-Nuit, qui ne croyaient pas que leur mère eût encore envie de les perdre, s'affligèrent de ces nouvelles. Il fallut pourtant partir ; et elles allèrent si loin, qu'il ne s'est jamais fait un si long voyage. Finette, qui ne disait mot, se tenait derrière les autres et secouait sa cendre à merveille sans que le vent ni la pluie y gâtassent rien. La reine étant persuadée qu'elles ne pourraient retrouver le chemin, remarqua un soir que ses trois filles étaient bien endormies ; elle prit ce temps pour les quitter et revint chez elle. Quand il fut jour et que Finette connut que sa mère n'y était plus, elle éveilla ses sœurs : « Nous voici seules, dit-elle, la reine s'en est allée. » Fleur d'Amour et Belle-de-Nuit se prirent à pleurer : elles arrachaient leurs cheveux et meurtrissaient leur visage à coups de poing. Elles s'écriaient : « Hélas ! qu'allons-nous faire ? » Finette était la meilleure fille du monde ; elle eut encore pitié de ses sœurs. « Voyez à quoi je m'expose, leur dit-elle ; car lorsque ma marraine m'a donné le moyen de revenir, elle m'a défendu de vous enseigner le chemin et que si je lui désobéissais, elle ne voulait plus me voir. » Belle-de-Nuit se jeta au cou de Finette, autant en fit Fleur-d'Amour ; elles la caressèrent si tendrement, qu'il n'en fallut pas davantage pour revenir toutes trois ensemble chez le roi et la reine.

Leurs Majestés furent bien surprises de voir les princesses ; elles en parlèrent toute la nuit, et la cadette, qui n'avait pas nom Fine-Oreille pour rien, entendait qu'ils faisaient un nouveau complot, et que le lendemain la reine se remettrait en campagne. Elle courut éveiller ses sœurs. « Hélas ! leur dit-elle, nous sommes perdues ! la reine veut absolument nous mener dans quelque désert et nous y laisser. Vous êtes cause que j'ai fâché ma marraine ; je n'ose l'aller trouver comme je faisais toujours. » Elles restèrent bien en peine, et se disaient l'une à l'autre : « Que ferons-nous, ma sœur, que ferons-nous ? » Enfin, Belle-de-Nuit dit aux deux autres : « Il ne faut pas s'embarrasser, la vieille Merluche n'a pas tant d'esprit qu'il n'en reste un peu aux autres ; nous n'avons qu'à nous charger de pois ; nous les sèmerons le long du chemin et nous reviendrons. » Fleur-d'Amour trouva l'expédient admirable ; elles se chargèrent de pois, elles en remplirent leurs poches ; pour Fine-Oreille, au lieu de prendre des pois, elle prit le sac aux beaux habits, avec la petite boîte de diamants, et dès que la reine les appela pour partir, elles se trouvèrent toutes prêtes.

Elle leur dit : « J'ai rêvé cette nuit qu'il y a dans un pays qu'il n'est pas nécessaire de nommer trois beaux princes qui vous attendent pour vous épouser ; je vais vous y mener, pour voir si mon songe est véritable. » La reine allait devant et ses filles après, qui semaient des pois sans s'inquiéter, car elles étaient certaines de retourner à la maison. Pour cette fois, la reine alla plus loin encore qu'elle n'était allée ; mais, pendant une nuit obscure, elle les quitta et revint trouver le roi ; elle arriva fort lasse et fort aise de n'avoir plus un si grand-ménage sur les bras.

Les trois princesses ayant dormi jusqu'à onze heures du matin, se réveillèrent ; Finette s'aperçut la première de l'absence de la reine ; bien qu'elle s'y fût préparée, elle ne laissa pas de pleurer, se confiant davantage, pour son retour, à sa marraine la fée qu'à l'habileté de ses sœurs. Elle fut leur dire tout effrayée : « La reine est partie, il faut la suivre au plus vite. – Taisez-vous, petite babouine, répliqua Fleur-d'Amour, nous trouverons bien le chemin quand nous voudrons ; vous faites ici, ma commère, l'empressée mal à propos. » Finette n'osa répliquer. Mais quand elles voulurent retrouver le chemin, il n'y avait plus ni traces ni sentiers ; les pigeons, dont il y a grand nombre dans ce pays-là, étaient venus manger les pois. Elles se mirent à pleurer jusqu'aux cris. Après être restée deux jours sans manger, Fleur-d'Amour dit à Belle-de-Nuit : « Ma sœur, n'as-tu rien à manger ? – Non, » dit-elle. Elle dit la même chose à Finette. « Je n'ai rien non plus, répliqua-t-elle, mais je viens de trouver un gland. – Ah ! donnez-le-moi, dit l'une. – Donnez-le-moi, » dit l'autre. Chacune le voulait avoir. « Nous ne serons guère rassasiées d'un gland à nous trois, dit Finette ; plantons-le, il en viendra un arbre qui nous pourra servir. » Elles y consentirent, quoiqu'il n'y eût guère d'apparence qu'il vînt un arbre dans un pays où il n'y en avait point ; on n'y voyait que des

6

choux et des laitues, dont les princesses mangeaient ; si elles avaient été bien délicates, elles seraient mortes cent fois ; elles couchaient presque toujours à la belle étoile ; tous les matins et tous les soirs elles allaient tour à four arroser le gland, et lui disaient : « *Croîs, croîs, beau gland !* » Il commença de croître à vue d'œil. Quand il fut un peu grand, Fleur-d'Amour voulut monter dessus, mais il n'était pas assez fort pour la porter ; elle le sentait plier sous elle ; aussitôt elle descendit. Belle-de-Nuit eut la même aventure ; Finette, plus légère, s'y tint longtemps, et ses sœurs lui demandèrent : « Ne vois-tu rien, ma sœur ? » Elle leur répondit : « Non, je ne vois rien. – Ah ! c'est que le chêne n'est pas assez haut, » disait Fleur-d'Amour ; de sorte qu'elles continuaient d'arroser le gland et de lui dire : « *Croîs, croîs, beau gland !* » Finette ne manquait jamais d'y monter deux fois par jour. Un matin qu'elle y était, Belle-de-Nuit dit à Fleur-d'Amour : « J'ai trouvé un sac que notre sœur nous a caché ; qu'est-ce qu'il peut y avoir dedans ? Fleur-d'Amour répondit : « Elle m'a dit que c'étaient de vieilles dentelles qu'elle raccommode. – Et moi je crois que c'est du bonbon, » ajouta Belle-de-Nuit. Elle était friande, et voulut y voir ; elle y trouva effectivement toutes les dentelles du roi et de la reine, mais elles servaient à cacher les beaux habits de Finette et la boîte de diamants. « Eh bien, se peut-il une plus grande petite coquine ! s'écria-t-elle ; il faut prendre tout pour nous, et mettre des pierres à la place. » Elles le firent promptement. Finette revint sans s'apercevoir de la malice de ses sœurs, car elle ne s'avisait pas de se parer dans un désert ; elle ne songeait qu'au chêne qui devenait le plus beau de tous les chênes.

Une fois qu'elle y monta et que ses sœurs, selon leur coutume, lui demandaient si elle ne découvrait rien, elle s'écria : « Je découvre une grande maison, si belle, si belle, que je ne saurais assez le dire ; les murs en sont d'émeraudes et de rubis, le toit de diamants : elle est toute couverte de sonnettes d'or, les girouettes vont et viennent comme le vent. – Tu mens, disaient-elles, cela n'est pas si beau que tu le dis. – Croyez-moi, répondit Finette, je ne suis pas menteuse ; venez-y plutôt voir vous-mêmes, j'en ai les yeux tout éblouis. » Fleur-d'Amour monta sur l'arbre : quand elle eut vu le château, elle ne s'en pouvait taire. Belle-de-Nuit, qui était fort curieuse, ne manqua pas de monter à son tour ; elle demeura aussi ravie que ses sœurs. « Certainement, dirent-elles, il faut aller à ce palais ; peut-être que nous y trouverons de beaux princes qui seront trop heureux de nous épouser. » Tant que la soirée fut longue elles ne parlèrent que de leur dessein ; elles se couchèrent sur l'herbe ; mais lorsque Finette leur parut fort endormie, Fleur-d'Amour dit à Belle-de-Nuit : « Savez-vous ce qu'il faut faire, ma sœur ? levons-nous et nous habillons des riches habits que Finette a apportés. – Vous avez raison, » dit Belle-de-Nuit. Elles se levèrent donc, se frisèrent, se poudrèrent, puis elles mirent des mouches et les belles robes d'or et d'argent toutes couvertes de diamants ; il n'a jamais été rien de si magnifique.

Finette ignorait le vol que ses méchantes sœurs lui avaient fait ; elle prit son sac dans le dessein de s'habiller, mais elle demeura bien affligée de ne trouver que des cailloux ; elle aperçut en même temps ses sœurs qui s'étaient accommodées comme des soleils. Elle pleura et se plaignit de la trahison qu'elles lui avaient faite, et elles d'en rire et de se moquer. « Est-il possible, leur dit-elle, que vous ayez le courage de me mener au château sans me parer et me faire belle ? – Nous n'en avons pas trop pour nous, répliqua Fleur-d'Amour ; tu n'auras que des coups si tu nous importunes. – Mais, continua-t-elle, ces habits que vous portez sont à moi ; ma marraine me les a donnés, ils ne vous doivent rien. – Si tu parles davantage, dirent-elles, nous allons t'assommer, et nous t'enterrerons sans que personne le sache. » La pauvre Finette n'eut garde de les agacer ; elle les suivait doucement et marchait un peu derrière, ne pouvant passer que pour leur servante.

Plus elles approchaient de la maison, plus elle leur semblait merveilleuse. « Ah ! disaient Fleur-d'Amour et Belle-de-Nuit, que nous allons nous bien divertir ! que nous ferons bonne chère ! nous mangerons à la table du roi ; mais pour Finette elle lavera les écuelles dans la cuisine, car elle est faite comme une souillon, et si l'on demande qui elle est, gardons-nous bien de l'appeler notre sœur : il faudra dire que c'est la petite vachère du village. » Finette, qui était pleine d'esprit et de beauté, se désespérait d'être si maltraitée. Quand elles furent à la porte du château, elles frappèrent : aussitôt une vieille femme épouvantable leur vint ouvrir ; elle n'avait qu'un œil au milieu du front, mais il était plus grand que cinq ou six autres, le nez plat, le teint noir et la bouche si horrible, qu'elle faisait peur ; elle avait trente pieds de haut et quinze de tour. « Ô malheureuses ! qui vous amène ici ? leur dit-elle. Ignorez-vous que c'est le château de l'ogre, et qu'à peine pouvez-vous suffire pour son déjeuner ? mais je suis meilleure que mon mari ; entrez, je ne vous mangerai pas tout d'un coup, vous aurez la consolation de vivre deux ou trois jours davantage. » Quand elles entendirent l'ogresse parler ainsi, elles s'enfuirent, croyant se pouvoir sauver ainsi ; mais une seule de ses enjambées en valait cinquante des leurs ; elle courut après et les reprit, l'une par les cheveux, les autres par la peau du cou ; et, les mettant sous son bras, elle les jeta toutes trois dans la cave qui était pleine de crapauds et de couleuvres et où l'on ne marchait que sur les os de ceux qu'ils avaient mangés.

Comme elle voulait croquer sur-le-champ Finette, elle fut querir du vinaigre, de l'huile et du sel pour la manger en salade ; mais elle entendit venir l'ogre, et, trouvant que les princesses avaient la peau blanche et délicate, elle résolut de les manger toute seule, et les mit promptement sous une grande cuve où elles ne voyaient que par un trou.

L'ogre était six fois plus haut que sa femme ; quand il parlait, la maison tremblait, et quand il toussait, il semblait des éclats de tonnerre ; il n'avait qu'un grand vilain œil, ses cheveux étaient tout hérissés, il s'appuyait sur une bûche dont il avait fait une canne ; il avait un panier couvert dans sa main ; il en lira quinze petits enfants qu'il avait volés par les chemins, et qu'il avala comme quinze œufs frais. Quand les trois princesses le virent, elles tremblaient sous la cuve, elles n'osaient pleurer bien haut, de peur qu'il ne les entendît ; mais elles s'entredisaient tout bas : « Il va nous manger tout en vie, comment nous sauverons-nous ? » L'ogre dit à sa femme : « Vois-tu, je sens chair fraîche, je veux que tu me la donnes. – Bon, dit l'ogresse, tu crois toujours sentir chair fraîche, et ce sont tes moutons qui sont passés parla. – Oh ! je ne me trompe point, dit l'ogre, je sens chair fraîche assurément ; je vais chercher partout. – Cherche, dit-elle, et tu ne trouveras rien. – Si je trouve, répliqua l'ogre, et que tu me le caches, je te couperai la tête pour en faire une boule. » Elle eut peur de cette menace, et lui dit : « Ne te fâche point, mon petit ogrelet, je vais te déclarer la vérité : Il est venu aujourd'hui trois jeunes fillettes que j'ai prises, mais ce serait dommage de les manger, car elles savent tout faire. Comme je suis vieille, il faut que je me repose ; tu vois que

9

notre belle maison est fort malpropre, que notre pain n'est pas cuit, que la soupe ne te semble plus si bonne, et que je ne parais plus si belle, depuis que je me tue de travailler ; elles seront mes servantes : je le prie, ne les mange pas à présent ; si tu en as envie quelque jour, tu en seras assez le maître. »

L'ogre eut bien de la peine à lui promettre de ne les pas manger tout à l'heure. Il disait : « Laisse-moi faire, je n'en mangerai que deux. – Non, tu n'en mangeras pas. – Eh bien, je ne mangerai que la plus petite. » Et elle disait : « Non, tu n'en mangeras pas une ! » Enfin, après bien des contestations, il lui promit de ne les pas manger. Elle pensait en elle-même : Quand il ira à la chasse, je les mangerai, et je lui dirai qu'elles se sont sauvées. »

L'ogre sortit de la cave, il lui dit de les mener devant lui ; les pauvres filles étaient presque mortes de peur : l'ogresse les rassura ; et quand il les vit, il leur demanda ce qu'elles savaient faire. Elles répondirent qu'elles savaient balayer, qu'elles savaient coudre et filer à merveille, qu'elles faisaient de si bons ragoûts, que l'on mangeait jusqu'aux plats ; que pour du pain, des gâteaux et des pâtés, l'on en venait chercher chez elles de mille lieues à la ronde. L'ogre était friand, il dit : « Çà, çà, mettons vite ces bonnes ouvrières en besogne. Mais, dit-il à Finette, quand tu as mis le feu au four, comment peux-tu savoirs il est assez chaud ? – Monseigneur, répliqua-t-elle, j'y jette du beurre, et puis j'y goûte avec la langue. – Eh bien, dit-il, allume donc le four. » Ce four était aussi grand qu'une écurie, car l'ogre et l'ogresse mangeaient plus de pain que deux armées. La princesse y fit un feu effroyable, il était embrasé comme une fournaise, et l'ogre qui était présent, attendant le pain tendre, mangea cent agneaux et cent petits cochons de lait. Fleur-d'Amour et Belle-de-Nuit accommodaient la pâte. Le maître ogre dit : « Eh bien, le four est-il chaud ? » Finette répondit : « Monseigneur, vous l'allez voir. » Elle jeta devant lui mille livres de beurre au fond du four, et puis elle dit : « Il faut tâter avec la langue, mais je suis trop petite. » Je suis grand, » dit l'ogre ; et, se baissant, il s'enfonça si avant qu'il ne pouvait plus se retirer, de sorte qu'il brûla jusqu'aux os. Quand l'ogresse vint au four, elle demeura bien étonnée de trouver une montagne de cendre des os de son mari.

Fleur-d'Amour et Belle-de-Nuit, qui la virent fort affligée, la consolèrent de leur mieux ; mais elles craignaient que sa douleur ne s'apaisât trop tôt, et que, l'appétit lui venant, elle ne les mît en salade, comme elle avait déjà pensé faire. Elles lui dirent : « Prenez courage, madame, vous trouverez quelque roi ou quelque marquis, qui seront heureux de vous épouser. » Elle sourit un peu, montrant des dents plus longues que le doigt. Lorsqu'elles la virent de bonne humeur, Finette lui dit : « Si vous vouliez quitter ces horribles peaux d'ours dont vous êtes habillée, vous mettre à la mode, nous vous coifferions à merveille, vous seriez comme un astre. – Voyons, dit-elle, comme tu l'entends ; mais assurément que, s'il y a quelques dames plus jolies que moi, je te hacherai comme chair à pâté. » Là-dessus, les trois princesses lui ôtèrent son bonnet et se mirent à la peigner et la friser en l'amusant de leur caquet. Finette prit une hache, et lui donna par derrière un si grand coup, qu'elle sépara son corps d'avec sa tête.

Il ne fut jamais une telle allégresse ; elles montèrent sur le toit de la maison pour se divertir à sonner les clochettes d'or ; elles furent dans toutes les chambres qui étaient de perles et de diamants, et les meubles si riches qu'elles mouraient de plaisir ; elles riaient et chaulaient, rien ne leur manquait, du blé, des confitures, des fruits et des poupées en abondance. Fleur-d'Amour et Belle-de-Nuit se couchèrent dans des lits de brocart et de velours, et s'entre-dirent : « Nous voilà plus riches que n'était notre père quand il avait son royaume ; mais il nous manque d'être mariées ; il ne viendra personne ici, car cette maison passe assurément pour un coupe-gorge, et on ne sait point la mort de l'ogre et de l'ogresse. Il faut que nous allions à la plus prochaine ville nous faire voir avec nos beaux habits, et nous n'y serons pas longtemps sans trouver de bons financiers qui seront bien aises d'épouser des princesses.

Dès qu'elles furent habillées, elles dirent à Finette qu'elles allaient se promener, qu'elle demeurât à la maison à faire le ménage et la lessive, et qu'à leur retour tout fût net et propre ; que si elle y manquait, elles l'assommeraient de coups. La pauvre Finette, qui avait le cœur serré de douleur, resta seule au logis, balayant, nettoyant, lavant sans se reposer, et toujours pleurant. « Que je suis malheureuse, disait-elle, d'avoir désobéi à ma marraine, il m'en arrive toutes sortes de disgrâces : mes sœurs m'ont volé mes riches habits, ils servent à les parer ; sans moi, l'ogre et sa femme se porteraient encore bien : de quoi me profite de les avoir fait mourir ? n'aimerais-je pas autant

11

qu'ils m'eussent mangée que de vivre comme je vis ? » Quand elle avait dit cela, elle pleurait à étouffer, puis ses sœurs arrivaient chargées d'oranges de Portugal, de confitures, de sucre, et elles lui disaient : « Ah ! que nous venons d'un beau bal ! Qu'il y avait de monde ! le fils du roi y dansait ; l'on nous a fait mille honneurs : allons, viens nous déchausser et nous décrotter, car c'est là ton métier. » Finette obéissait ; et si, par hasard, elle voulait dire un mot pour se plaindre, elles se jetaient sur elle et la battaient à la laisser pour morte.

Le lendemain encore elles retournaient et revenaient conter des merveilles. Un soir que Finette était assise proche du feu sur un monceau de cendre, ne sachant que faire, elle cherchait dans les fentes de la cheminée ; et, cherchant ainsi, elle trouva une petite clef si vieille et si crasseuse, qu'elle eut toutes les peines du monde à la nettoyer. Quand elle fut claire, elle connut qu'elle était d'or et pensa qu'une clef d'or devait ouvrir un beau petit coffre ; elle se mit aussitôt à courir par toute la maison, essayant la clef aux serrures ; et enfin elle trouva une cassette qui était un chef-d'œuvre. Elle l'ouvrit : il y avait dedans des habits, des diamants, des dentelles, du linge, des rubans pour des sommes immenses : elle ne dit mot de sa bonne fortune, mais elle attendit impatiemment que ses sœurs sortissent le lendemain. Dès qu'elle ne les vit plus, elle se para de telle sorte qu'elle était plus belle que le soleil et la lune.

Ainsi ajustée, elle fut au même bal où ses sœurs dansaient, et, quoiqu'elle n'eût point de masque, elle était si changée en mieux qu'elles ne la reconnurent pas. Dès qu'elle parut dans l'assemblée, il s'éleva un murmure de voix, les unes d'admiration et les autres de jalousie. On la prit pour danser ; elle surpassa toutes les dames à la danse, comme elle les surpassait en beauté. La maîtresse du logis vint à elle, et lui ayant fait une profonde révérence, elle la pria de lui dire comment elle s'appelait, afin de ne jamais oublier le nom d'une personne si merveilleuse ; elle lui répondit civilement qu'on la nommait Cendron. Il n'y eut point d'amant qui ne fût infidèle à sa maîtresse pour Cendron, point de poète qui ne rimât en Cendron ; jamais petit nom ne fit tant de bruit en si peu de temps, les échos ne répétaient que les louanges de Cendron ; l'on n'avait pas assez d'yeux pour la regarder, assez de bouches pour la louer.

Fleur-d'Amour et Belle-de-Nuit, qui avaient fait d'abord grand fracas dans les lieux où elles avaient paru, voyant l'accueil que l'on faisait à celle nouvelle venue, en crevaient de dépit ; mais Finette se démêlait de tout cela de la meilleure grâce du monde, il semblait à son air qu'elle n'était faite que pour commander. Fleur-d'Amour et Belle-de-Nuit qui ne voyaient leur sœur qu'avec de la suie de cheminée sur le visage et plus barbouillée qu'un petit chien, avaient si fort perdu l'idée de sa beauté, qu'elles ne la reconnurent point du tout ; elles faisaient leur cour à Cendron comme les autres. Dès qu'elle voyait le bal prêt à finir, elle sortait vite, revenait à la maison, se déshabillait en diligence, reprenait ses guenilles ; et quand ses sœurs arrivaient : « Ah ! Finette ! nous venons de voir, lui disaient-elles, une jeune princesse qui est toute charmante ; ce n'est pas une guenuche comme toi ; elle est blanche comme la neige, plus vermeille que les roses, ses dents sont de perles, ses lèvres de corail ; elle a une robe qui pèse plus de mille livres, ce n'est qu'or et que diamants : qu'elle est belle, qu'elle est aimable ! » Finette répondait entre ses dents : « *Ainsi j'étais ! ainsi j'étais !* – Qu'est-ce que tu bourdonnes ? » disaient-elles. Finette répliquait encore plus bas : « *Ainsi j'étais !* » Ce petit jeu dura longtemps ; il n'y eut presque pas de jour que Finette ne changeât d'habits, car la cassette était fée, et plus on y en prenait, plus il en revenait, et si fort à la mode, que les dames ne s'habillaient que sur son modèle.

Un soir que Finette avait plus dansé qu'à l'ordinaire, et qu'elle avait tardé assez tard à se retirer, voulant réparer le temps perdu et arriver chez elle avant ses sœurs, en marchant de toute sa force, elle laissa tomber une de ses mules qui était de velours rouge, toute brodée de perles. Elle fit son possible pour la retrouver dans le chemin, mais le temps était si noir qu'elle prit une peine inutile : elle rentra au logis un pied chaussé et l'autre nu.

Le lendemain le prince Chéri, fils aîné du roi, allant à la chasse, trouve la mule de Finette ; il la fait ramasser, la regarde, en admire la petitesse et la gentillesse, la tourne, la retourne, la baise, la chérit et l'emporte avec lui. Depuis ce jour-là, il ne mangeait plus ; il devenait maigre et changé, jaune comme un coing, triste, abattu. Le roi et la reine, qui l'aimaient éperdument, envoyaient de tous côtés pour avoir de bon gibier et des confitures ; c'était pour lui moins que rien, il regardait tout cela sans répondre à la reine quand elle lui parlait. L'on envoya querir des médecins partout, même jusqu'à Paris et à Montpellier ; quand ils furent arrivés, on leur fit voir le prince, et après l'avoir considéré trois jours et trois nuits sans le perdre de vue, ils conclurent qu'il était amoureux, et qu'il mourrait si l'on n'y apportait remède.

La reine, qui l'aimait à la folie, pleurait à fondre en eau de ne pouvoir découvrir celle qu'il aimait pour la lui faire épouser : elle amenait dans sa chambre les plus belles dames, il ne daignait pas les regarder. Enfin, elle lui dit une fois : « Mon cher fils, tu veux nous faire étouffer de douleur, car tu aimes et tu nous caches les sentiments ; dis-nous qui tu veux et nous te la donnerons, quand ce ne serait qu'une simple bergère. » Le prince, plus hardi par les promesses de la reine, tira la mule de dessous son chevet, et l'ayant montrée : « Voilà, madame, lui dit-il, ce qui cause mon mal ; j'ai trouvé cette petite pouponne, mignonne, jolie mule en allant à la chasse ; je n'épouserai jamais que celle qui pourra la chausser. – Eh bien, mon fils, dit la reine, ne t'afflige point, nous la ferons chercher. » Elle fut dire au roi cette nouvelle ; il demeura bien surpris, et commanda en même temps que l'on fît, avec des tambours et des trompettes, annoncer que toutes les filles et les femmes vinssent pour chausser la mule, et que celle à qui elle serait propre épouserait le prince. Chacune ayant entendu de quoi il était question, se décrassa les pieds avec toutes sortes d'eaux, de pâtes et de pommades. Il y eut des dames qui se les firent peler pour avoir la peau plus belle ; d'autres jeûnaient ou se les écorchaient afin de les avoir plus petits. Elles allaient en foule essayer la mule, une seule ne la pouvait mettre ; et plus il en venait inutilement, plus le prince s'affligeait.
Fleur-d'Amour et Belle-de-Nuit se firent un jour si braves, que c'était une chose étonnante. « Où allez-vous donc ? leur dit Finette. – Nous allons à la grande ville, répondirent-elles, où le roi et la reine demeurent, essayer la mule que le fils du roi a trouvée ; car si elle est propre à l'une de nous deux, il l'épousera et nous serons reine. – Et

14

moi, dit Finette, n'irai-je point ? – Vraiment, dirent-elles, tu es un bel oison bridé ; va, va arroser nos choux : tu n'es propre à rien. »

Finette songea aussitôt qu'elle mettrait ses plus beaux habits et qu'elle irait tenter l'aventure comme les autres, car elle avait quelque petit soupçon qu'elle y aurait bonne part ; ce qui lui faisait de la peine, c'est qu'elle ne savait point le chemin, le bal où l'on allait danser n'était pas dans la grande ville. Elle s'habilla magnifique, sa robe était de satin bleu, toute couverte d'étoiles et de diamants ; elle avait un soleil sur la tête, une pleine lune sur le dos, tout cela brillait si fort, qu'on ne la pouvait regarder sans clignoter des yeux. Quand elle ouvrit la porte pour sortir, elle resta bien étonnée de retrouver le joli cheval d'Espagne qui l'avait apportée chez sa marraine : elle le caressa et lui dit : « Sois le bienvenu, mon petit dada ; je suis obligée à ma tante Merluche. » Il se baissa, elle s'assit dessus comme une nymphe : il était tout couvert de sonnettes d'or et de rubans ; sa housse et sa bride n'avaient point de prix ; et Finette était trente fois plus belle que la belle Hélène.

Le cheval d'Espagne allait légèrement, les sonnettes faisaient din, din, din ; Fleur-d'Amour et Belle-de-Nuit, les ayant entendues, se retournèrent et la virent venir ; mais dans ce moment, quelle fut leur surprise ! elles la reconnurent pour être Finette Cendron. Elles étaient fort crottées, leurs beaux habits étaient couverts de boue : « Ma sœur, s'écria Fleur-d'Amour en parlant à Belle-de-Nuit, je vous proteste que voici Finette Cendron. » L'autre s'écria tout de même ; et Finette passant près d'elles, son cheval les éclaboussa et leur fit un masque de crotte ; elle se prit à rire et leur dit : « Altesses, Cendron vous méprise autant que vous le méritez. Puis, passant comme un trait, la voilà partie. Belle-de-Nuit et Fleur-d'Amour s'entre-regardèrent : « Est-ce que nous rêvons ? disaient-elles ; qui est-ce qui peut avoir fourni des habits et un cheval à Finette ? Quelle merveille ! le bonheur lui en veut : elle va chausser la mule, et nous n'aurons que la peine d'un voyage inutile. »

Pendant qu'elles se désespéraient, Finette arriva au palais ; dès qu'on la vit, chacun crut que c'était une reine ; les gardes prennent leurs armes, l'on bat le tambour, l'on sonne la trompette, l'on ouvre toutes les portes, et ceux qui l'avaient vue au bal allaient devant elle, disant : » Place, place ! c'est la belle Cendron, c'est la merveille de l'Univers ! » Elle entre avec cet appareil dans la chambre du prince mourant ; il jette les yeux sur elle et demeure charmé, souhaitant qu'elle eût le pied assez petit pour chausser la mule : elle la mit tout d'un coup et montra la pareille, qu'elle avait apportée exprès. En même temps l'on crie : « Vive la princesse Chérie ! vive la princesse qui sera notre reine ! » Le prince se leva de son lit, il vint lui baiser les mains ; elle le trouva beau et plein d'esprit ; il lui fit mille amitiés. L'on avertit le roi et la reine, qui accoururent ; la reine prend Finette entre ses bras, l'appelle sa fille, sa mignonne, sa petite reine, lui fait des présents admirables, sur lesquels le roi libéral renchérit encore. L'on tire le canon ; les violons, les musettes, tout joue ; l'on ne parle que de danser et de se réjouir.

Le roi, la reine et le prince prient Cendron de se laisser marier : « Non, dit-elle, il faut avant que je vous conte mon histoire. » Ce qu'elle fit en quatre mots. Quand ils surent qu'elle était née princesse, c'était bien une autre joie ; il tint à peu qu'ils n'en mourussent ; mais lorsqu'elle leur dit le nom du roi son père, de la reine sa mère, ils reconnurent que c'étaient eux qui avaient conquis le royaume : ils le lui annoncèrent. Et elle jura qu'elle ne consentirait pas à son mariage, qu'ils ne rendissent les États de son père. Ils le lui promirent, car ils avaient plus de cent royaumes, un de moins n'était pas une affaire.

Cependant Belle-de-Nuit et Fleur-d'Amour arrivèrent. La première nouvelle fut que Cendron avait mis la mule. Elles ne savaient que faire ni que dire ; elles voulaient s'en retourner sans la voir ; mais quand elle sut qu'elles étaient là, elle les fit entrer, et au lieu de leur faire mauvais visage et de les punir comme elles le méritaient, elle se leva et alla au-devant d'elles les embrasser tendrement, puis elle les présenta à la reine, lui disant : « Madame, ce sont mes sœurs qui sont fort aimables, je vous prie de les aimer. » Elles demeurèrent si confuses de la bonté de Finette, qu'elles ne pouvaient proférer un mot. Elle leur promit qu'elles retourneraient dans leur royaume, que le prince le voulait rendre à leur famille. À ces mots, elles se jetèrent à genoux devant elle, pleurant de joie.

Les noces furent les plus belles que l'on eût jamais vues. Finette écrivit à sa marraine, et mit sa lettre avec de grands présents sur le joli cheval d'Espagne, la priant de chercher le roi et la reine, de leur dire son bonheur, et qu'ils n'avaient qu'à retourner dans leur royaume.

La fée Merluche s'acquitta fort bien de cette commission. Le père et la mère de Finette revinrent dans leurs États, et ses sœurs furent reines aussi bien qu'elle.

MORALITÉ

Pour tirer d'un ingrat une noble vengeance,
De la jeune Finette imite la prudence :
Ne cesse point sur lui de verser des bienfaits ;
    Tous les présents et tes services
    Sont autant de vengeurs secrets
Qui dans son cœur troublé préparent des supplices.
    Belle-de-Nuit et Fleur d'Amour
    Sont plus cruellement punies
Quand Finette leur fait des grâces intimes,
Que si l'ogre cruel leur ravissait le jour.
    Suis donc en tout temps sa maxime,
    Et songe, en ton ressentiment,
    Que jamais un cœur magnanime
Ne saurait se venger plus généreusement.

imprint 2022